U0068621

離你最近

張 耳 短 詩 集

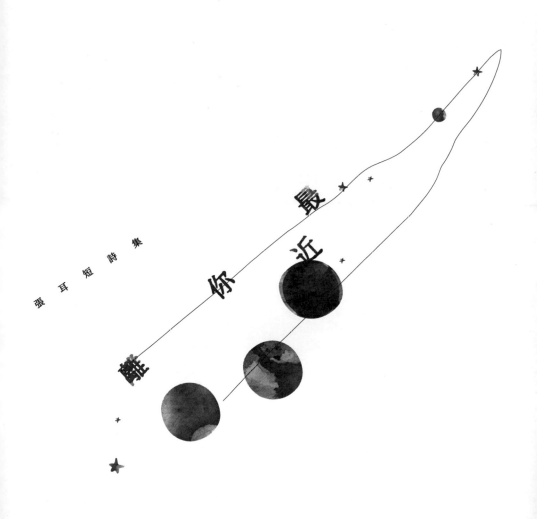

而我愛過

死亡如果不是流浪

音樂是垂直的

我們就水平地躺

——夏宇

薄捲雲下面有
濃積雲。濃積雲下面有
綠地、房舍、公路、停車場
都在自己的層次上位移，速度不同。

60

掏心
掏肺
掏寶
槍口烏黑

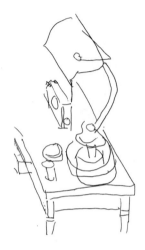

150

「苦難一直是我的主題」
老楊牧羊比較皮下脂肪
草養羊，羊養楊
主題之前是太陽。

11

好了。現在你可以自由地
席捲來
捲席去
以宇宙塵的簡約。

1

淚呀
　　　湧
念沖還是念永
　　　親？

離你最近

15

这片不付代价的悠然
像孤独成为
世界的背
追随我们一生

152

他把那張樹葉夾進筆記本
整個森林就落葉
紛紛

36

滑板鞋，佛山行
一步又一步
你已經走遠
誰知道什麼地方

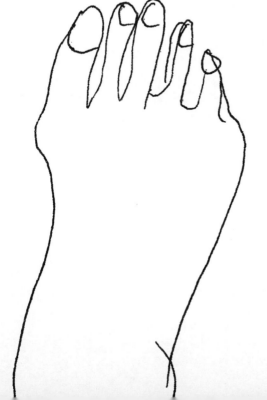

20

夢是有的
那是從前。夢變成了
現實。我們就只剩下了
現實。

174
　神出入的门
　　总是湿淋淋的

81
　然而，我忽然累了
　并且在入口处
　转错了弯

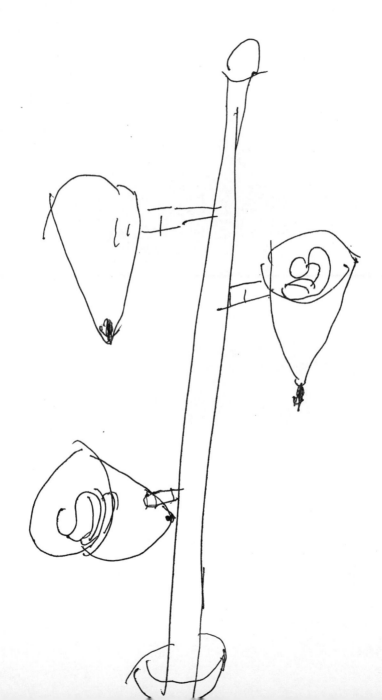

64

盤子裡水蜜桃都靠
無遮掩地伸手——
　　　　色　香　味
無恥

如果歌声持续
　　我们在日落前弯下腰

91

医生说不要喝酒吸烟. 所以
我在健康表上老实填写
不喝酒, 不吸烟
不要吓唬孩子·不摘葡萄

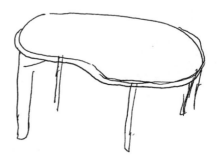

118

這樣那樣背人短信
書寫世界書寫自己的
女世界女水女肥女靚女蠟燭
山女綠女蛋糕玫瑰的

6
冰块是活的
　河也是
　云是活的
　山、船、阳光也是．

離你最近

69

每天在寫嗎？
當然
每天都呼吸

173

男持帚
女持斧
試試？

17
能舉起來
就意味着不重

135

悲憤，自成氣候
皇都霧霾進行曲
進行

離你最近

14

讓容器空著
聞自己的味兒
抱著孩子
什麼過不來？

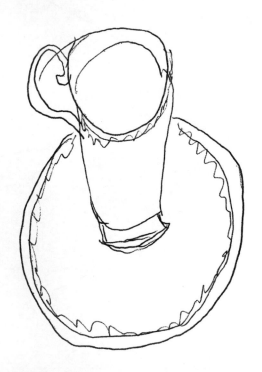

19 第一个字母是 a
是爱也是安
最容易也最难

4

你說：「我走了」
從容地。轉身。髮絲清晰。

晨光醒來，把你抹去。

169

夜能記住嗎？

火的懷抱
像夜
無孔不入

祝你生日快樂
祝你聖誕快樂
我要走了

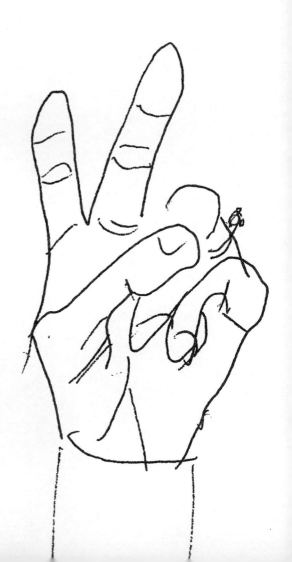

116

捐獻吧紀念吧為我
為一個法國人死
為每一個活著的玻璃的
日子

5

説神的時候
　　我離你最近

還需要想像我們的起居室嗎？

90

寫詩是不是與晨跑一樣
笨拙地吭吭哧哧，在經過的路上
留下旁人不解又缺乏自我審視
一行　　又一行

158
　　笔记本在围观者以外
　写下

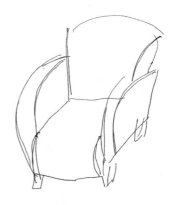

2.

荔枝
青柠檬 气泡水
　　　── 这个地方挺好

7²

走上屋顶
不去想时
忆起鸟飞过的一刻

23 想想看
你怎么能有家呢?

149

油紅了，火候到了
下鍋，我們劈劈啪啪
在這個世界裡
煎熬

68

那種安靜
用筆好好寫信
用浮水印手工紙
為什麼離我那麼遠了？

46

住進豪宅的
奴隸們
起不來吧

這麼多詩集，這麼多世紀
仙鶴叢書，馬巒山望
寫小詩讓人發愁，如詩
張棗的，夏宇的，龐德
貓咪雅典娜倦臥一團，真幸福

3
天与地之间寻找
　一只鸟
　一行诗，还是
　　　一种眼神？

25

生離死別，以為是兩個事件
原來後一個肯定跟著前一個

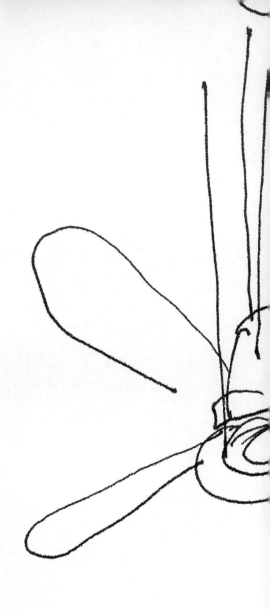

162

起不來的早晨伸個懶腰：
我已經盡力
夢不甜天不藍都怪我
您好歹等中午喝完咖啡來上班

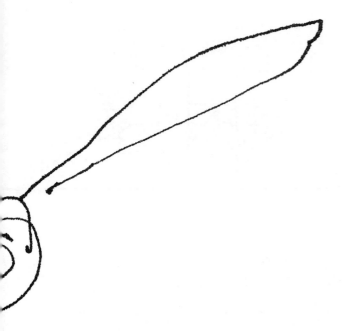

59

午間休息三十分鐘
下雨，車過，人過，風
三明治解體
綠豆芽，甜蘿蔔

晚飯後
女兒和朋友出門爬山
黃昏時分又是
探討生命奧秘的時刻

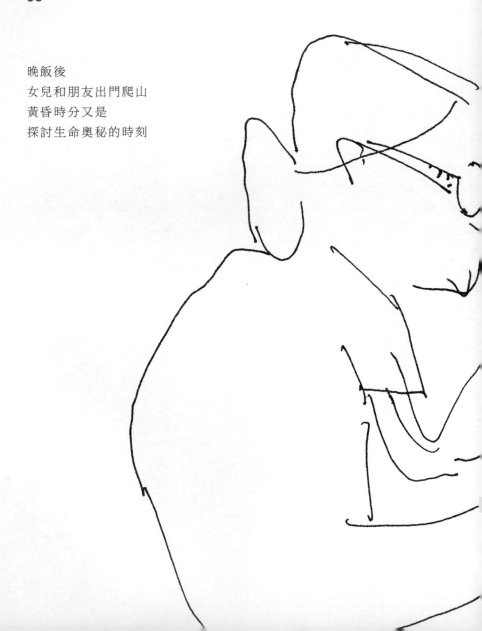

151

做中國孩子吧
丟了鑰匙不說，把非物質遺產
也丟了。握住唯一的光劍
遙控卻在對手手上。

143
　新月
　海是你，浪是你
　魚是你，深处是你

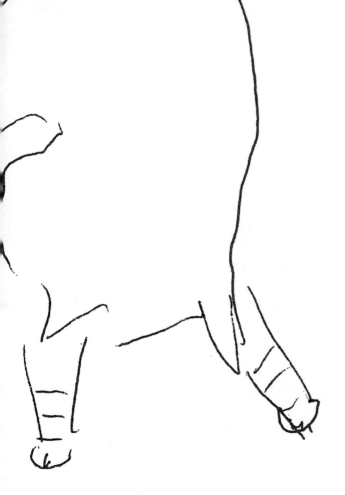

53

肉紅色欲念翻飛
火烈鳥
天性服軟，頭比腳低

離海最遠的
政客在電視裡吼叫
高原沙漠上十字架默默林立
月該圓還是圓

30

詩人莫非說
　「好詩有標準
　　但標準的一定不是好詩」

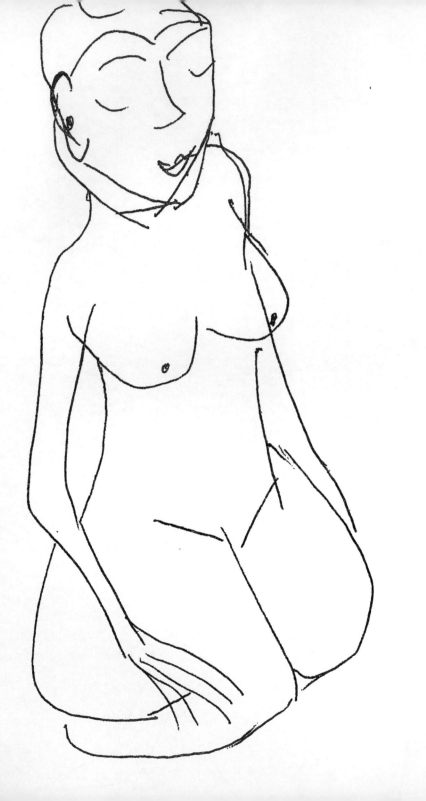

99

生來受罪還是享樂
勞作還是嬉戲
——平淡的藝術的

146

生者難,還是死者難?
親者難,還是仇者難?
在家難,還是路上難?
男人難,還是女人難?

89

即使這個不常來的花園
也踩出一條
慣常的路。就這麼可嘆。

98

每天要閱讀的很多
報紙，臉書，微信，電郵，朋友網站
還有
陰晴，火候，臉色，分分秒秒

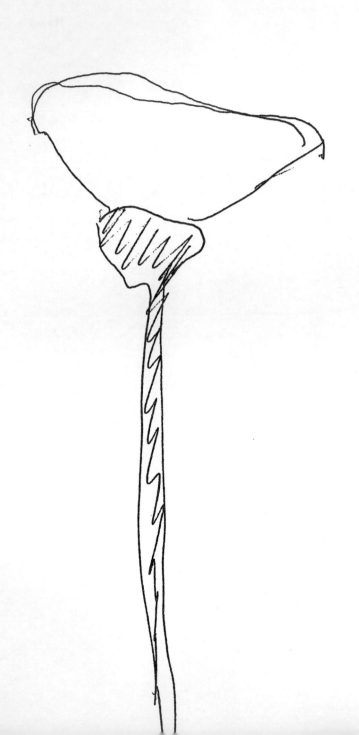

27

　　找，一定，一定要找
　　到哪怕只是孩子的
　　一小片顱骨
　　在阿塔卡馬沙漠在南印度洋

82

　　夜在石階上打了個盹
　　現在正一步一步
　　爬滿廣場，通體發光

　　沉默吧，你又知道什麼呢？

34

新的旧
旧的新
世界的秘密：就这么多
：就这么少

95

久違了
稀哩嘩啦地下雨
沙漠中聽雨
地表越乾雨聲越大

24

這本大書到底寫了些什麼——
　　又一浪漾起

山低了，山高了
天色已晚

離你最近

130

雪人內部
吱嘎作響
藍色太空船移民
雪域向外擴張

48

冰淩擠著融雪
河面上凍一團無奈
希望疲倦
憤怒也疲倦

22

如果我沒遇到你
　　鯨魚張大嘴
　　雨馬上停下來

52

事情既然已經發生
　　就不可能不發生
輕輕哼一隻小曲，如果能

離你最近

神化裡能搖身變色的（我們已經目睹很多）
羽毛，也只是羽毛
將來注視我們用什麼眼光
　　　　　　　　我不能確定。

26

一杯咖啡
兩杯咖啡
就這樣
我們走進黃昏

124

從另一種角度—
假如，那些星星
不僅僅是注視你的眼睛

76

以固定的姿勢
等候。因為等候
才有鳥飛來

39

能笑得如此燦爛
就不要講話
也不要寫
噓

136

天亮天黑
有雨有雪有晴
看到看不到
星星們都一樣望著你和我

148

化學的我們，人工的我們
藥味，添加物。烤熟吃吧，我們
絕大多數不都在醫院出生？

109

廣場曲率：
歪頭彎腰＝彎腰歪頭
一個拄棍蹣跚過街
一個坐在童車裡酣睡

94

這裡無海也無淚
反過來也對麼？

83

為什麼總是跳不出格的工筆重彩打動我？
清晰度筆勢內斂抱著肩膀
悠閒又冷暖適意
不需要伸出絹紙打我一拳

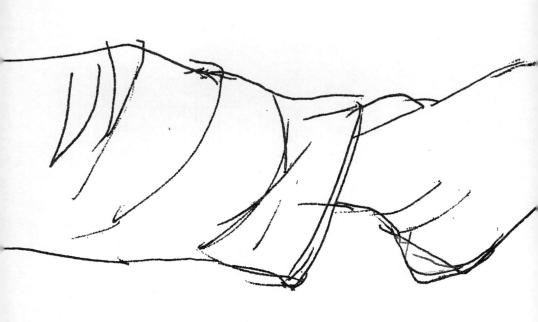

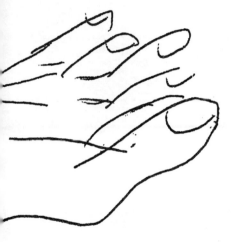

49

我們在海裡迷失
——進化不出四腳

40

外面吧
防火牆的外面
意思的外面
感覺不到的外面，的痛，別人的

32

語言在紙面上
攫牢你，肯定取消了一些噪音
那你怎麼知道神正在
接近？

8

「婚姻像眉毛——
　　　沒有太難看；有了
　　　實用性也不強」，我堂妹說
我堂妹是單位人事部主任。

142

還記得那些刻骨：
顏色心情場景人物氣味
那時候以為以後總有解釋
但是現在知道痛沒有意義，也換不來什麼

167

而我
既沒有你的風火輪也沒有金箍棒
那麼，月可飛升或者樓
可以下墜？

106

土葬火葬天葬樹葬
不知道他們是怎麼送你的，水手？
起錨、出海、汽笛三鳴？

43

來自哪裡？
那盛開的歌聲
照亮世界
讓人驚奇

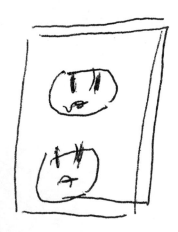

61

今天我們州選舉：

聯邦政府參議員 1 名（候選人 17 名 [來自 9 個政黨]）；眾議員
2（10[3]）；州長 1（11[5]）；副州長 1（11[5]）；州務卿
1（3[3]）；財政卿 1（5[2]）；財政聽證長 1（5[3]）；檢
察長 1（2[2]），公共地產總長 1（7[3]）；公共教育總長 1
（9）；保險監督 1（3[3]）；州參眾議員 7（25[3]）；縣政
府代表 2（7[4]）；最高法院大法官 1（3）

晴，氣溫 22C，風力 11km/h，濕度 51%

相宜吧

這詩沒錯，心意畫面選材主題排列
都不錯。只是

要下雨了，要不要畫道迫切的閃電
高壓？

107

你不再。所有思念
歸我一人了。

音樂的流程
緩書這有形世界
彷彿真聽見我們不停地扭曲
光的矩陣

161

涼亭涼凳上他們情急
露得肉挨肉
被情急的母蚊直接插入
咬得很露

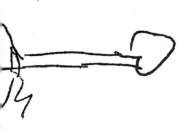

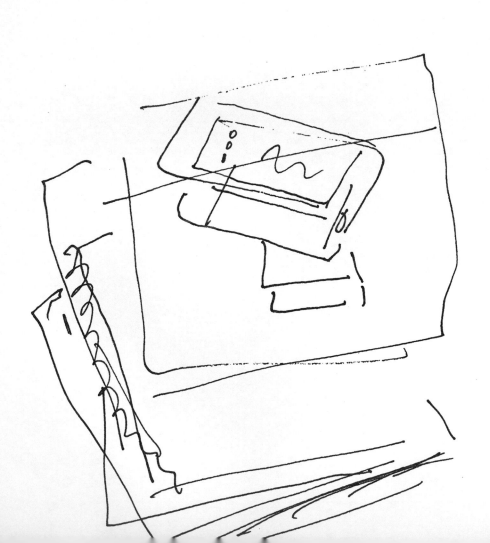

163

今兒怎麼了？
上傳檔自動被刪；空調系統
尚未恢復運作。緊急停水
室外 42 度。跳樓的絕不止一個

139

小黃魚尾尾
游累了，冷凍了
到我蒜香鍋裡美美
吃下肚海睡睡

44

狗骨仔，三爪金龍，
羊蹄甲，欖仁舅
林投，楓香，水筆仔
不屬於你也不屬於我
　　——都是臺灣的植物

離你最近

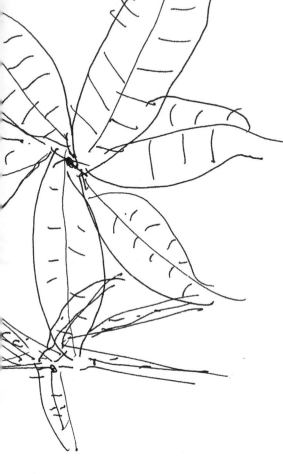

105

接近地面的時候
夕陽西下
沒有其他飛行器，除了浮雲
輕輕捂住曼哈頓黃金！

35

這輩子緊跟月亮
下輩子
就讓月亮跟我吧？

37

提一箱牛奶
住五星級酒店
香水百合想也無益
香水百合俏也無益

71

塗唇，左邊的右邊的
厚厚地反復一個月
彈性充盈，你將禁不住再次
下水，這次肯定富有喜劇性。

134

楊柳依依
飄著雪
飄著死

157

光喝足了夜色，坐下去
並不照在我們頭上
照在遠處
　　與我們無關的氛圍

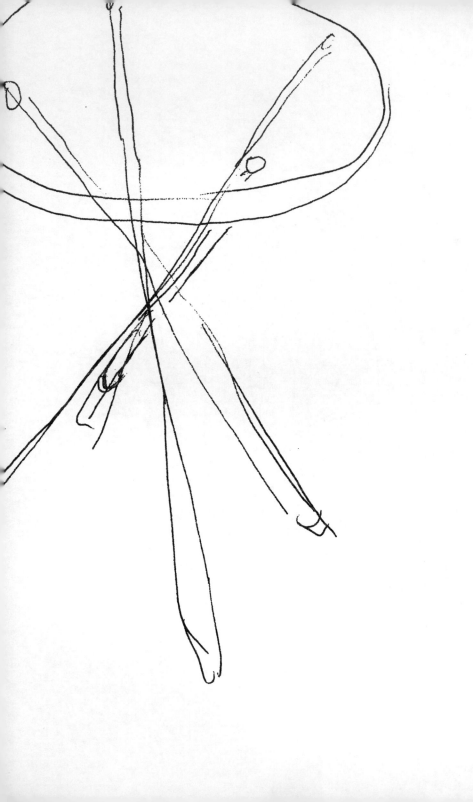

108

句號。人走光了
戲散了
我們回到原點

97

他們家不離婚
我們家也不離婚
不離婚有不離婚的有意思
不離婚有不離婚的沒有意思

怎麼鎖定永遠的他
怎樣優雅離婚、氣派結婚、快速減肥
選今夏火熱短褲、備清爽下午茶、踩明星紅地毯
這個國家的女人們一定都參照了這本指南？

96

躺在夏天的床上
乾燥地聽窗外大雨
有人咳嗽了一聲
心裡真安靜

84

起漿　落漿
起漿　落漿
如果沒有風景
雪還會落下來嗎？

160

怎樣形容海
向一個從沒見過海的人？

67

都想上臺
誰當觀眾呢？

離你最近

156

蛋殼上奇異的斑紋
刻意求新
不然就讓鳥死去

41

小瓶裡裝些什麼淺綠——
不外香水或酒
從裡到外操縱認知
許多曾經

176

轉過身，你轉過身
才看見山前面的
水
轉過

114

好電影像是真的
當然是真的
肖像一樣真

10

不是所有流浪
都會走失

77

我們各自掘地向前
修築自己的臺階
一天兩天做著同樣的事
因為沒有什麼比腳下重複的表面更堅實

92

心動過緩
性激素降低
接下去，讓我心跳的
該是什麼？

100

起飛和降落時
一定要繫緊安全帶
途中呢？
依賴慣性沒什麼不妥吧

171

攬鏡
自摸
下一句是什麼？

102

更高的地方
一架飛機
向相反的方向飛行

75

向前游，不過
相對於岸的想像——
誰能游出自己的
皮膚呢？

133

接近，再近
你的鱗片映出星星
海消失，惟有濤聲

177

連這些山的名字都搞不清
GPS 只能找人間煙火哈

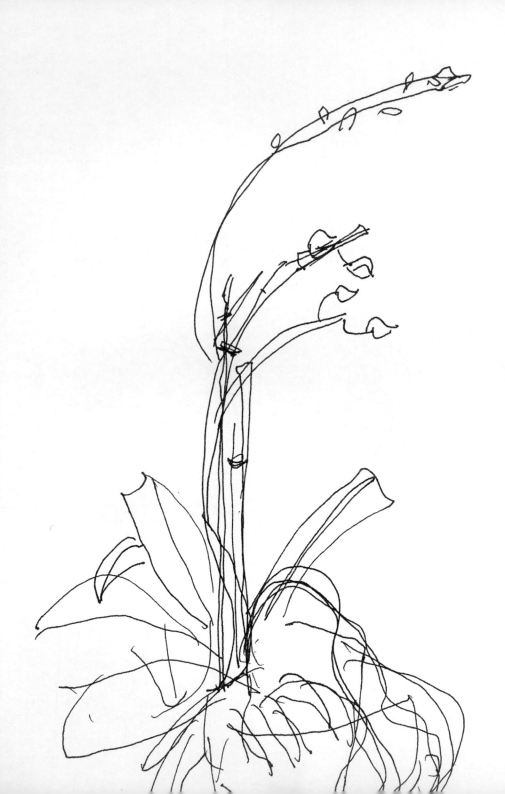

115

貨輪破冰而過
留下活靈靈的水流
等一小會兒，只等一小會兒
河面就又重新癒合。

65

無阻力插入
過癮嗎？
無痛苦活著
滋潤嗎？

138

五十歲意味著
勇字當先
孩子已經長大

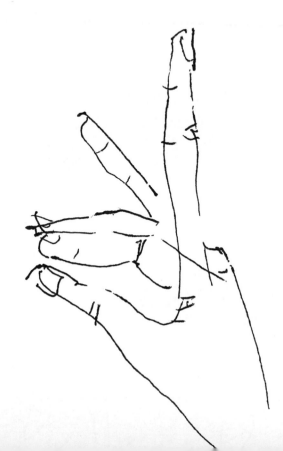

我們原地不動
並沒有從一個月臺
經過一些時間
到達另一個

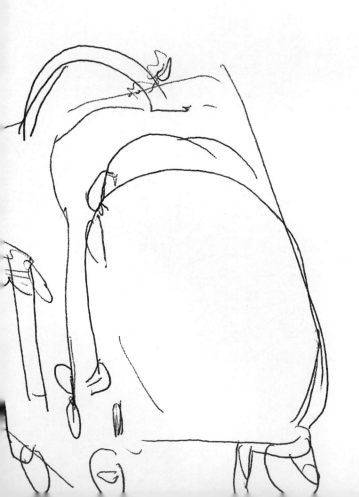

127

「海永無波」
是個駁論

159

名字裡有只船的女子
會不會跟著浪
飄到天盡頭
不讓風追上？

86

以後的事情比意料中簡單
不必借助反光鏡
她就看清了
站在窗外的自己

179

詩
不是一種表達
更不是一種表演
碰觸吧，腐蝕吧，下墜的腹疼

112

深藍：
魚尾拍拍
月亮乖乖
濺起水汪汪的星

70

在你的黑白電影裡
女人一定驚豔無比
在藍的
在最那樣的注視下

55

我不是北極熊
普京不是北極熊
北極熊也不是
北極熊

155

季節開過花後
還是綠的

31

先讀出黑字，再讀出白紙
然後讀出慣用的表達
之外

145

醉劍醉花醉詩醉歌
醉美麗醉李白
把醉換個「最」也講得通

56

在中文和英文之間
漂移，兩個世界
在午飯和晚飯之間：
胰島素：insulin

29

所有詩都體現
　　某種幼稚的好意
小說連好意都不一定説得上

變形的描寫
折入鏡頭
就是集體的歷史
剩下的是有個性的遺忘

88

你來了
我在門口掛出──
　　　　　　「油漆未乾」
可這兩種漆不是一種漆，親親！

16

別留下，都帶走
沒看見，沒聽見
眼睛紅，耳朵掉在地下

119

冤仇水深
似腳盆。砸下來
口水的重量
瀝瀝戚戚

87

脫光綠葉後
樹才成為鳥的

38

做媽媽的滋味
如此複雜
一道慢燉的大菜
來吃哈

144

假如沒有那半壺酒
你看船看我再看星星

101

當年五臺山算命師傅説
我會飛。窗外
達拉斯郊區像顯微鏡下
　　　胃腸道迴旋的指狀絨毛上皮

63

跅一跟頭
腳崴了
才覺得路長

131

唯你
反復入住我的夢：雪岸冰河
眩目並微笑，我的太陽

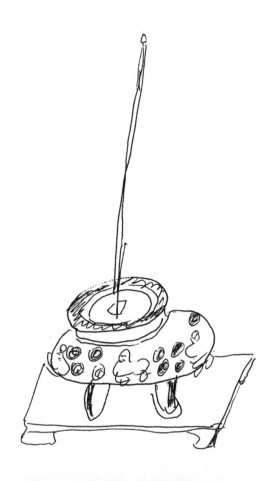

121

比如，水已經安靜
胡同四合院
南河沿垂頭

離你最近

28

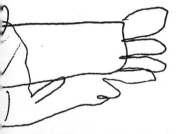

世界是靜止的
如果不是因為這隻鳥
飛過

78

鳳凰木靠個性
　　植根於
　　　　平常土壤
與一律搶高枝的鳳凰不同

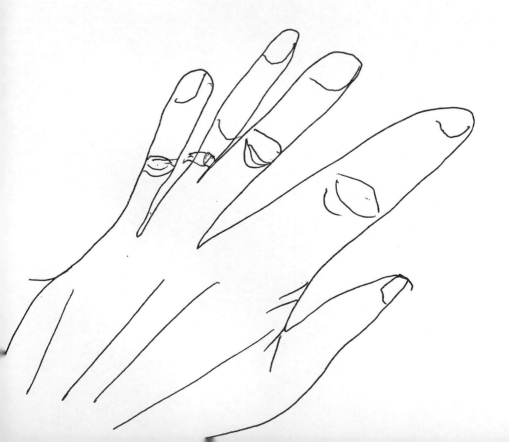

123

尋覓。田野考察
一生費用輕浮

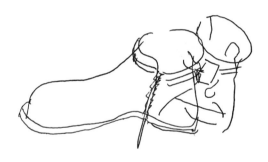

13

還是空著好
沒車的時候，十字路
自成座標，不再像負重的
十字架

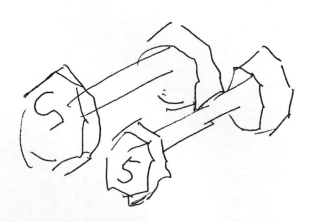

132

通往天國＝
一小部分器官
＋
一小部分儀器

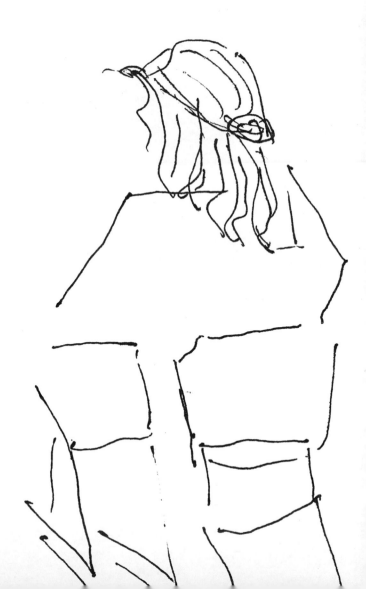

樓上女人每每午夜起身
椅子桌子在地板上拉來推去
一個人騎馬去打仗？
或者已經被擊要害？

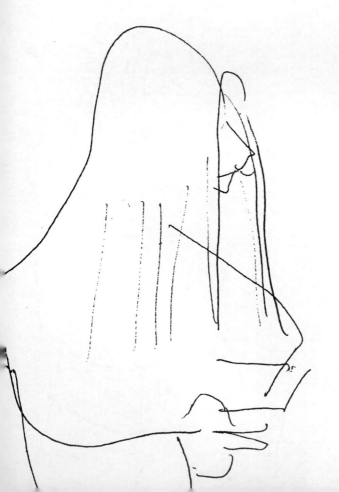

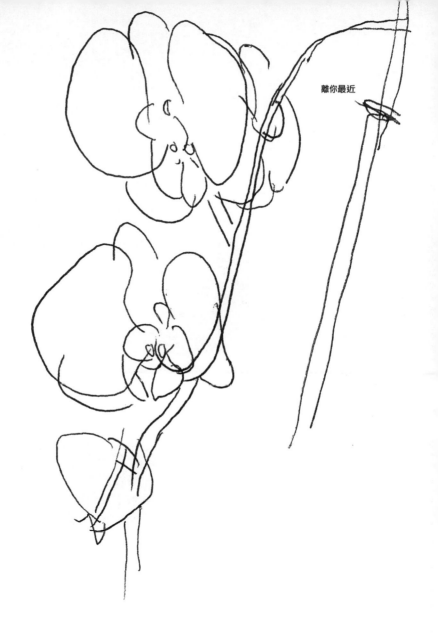

離你最近

154

對於我，花不是裝飾
就像生命不是
詩不是，你呢？

111

蔥越燙越翠
麵越煮越軟
加點香油醋
夜：傾向愛和湯碗

51

換了新土新盆後
這棵發財樹
一直掉葉子
金黃的葉子

離你最近

紅魚藍魚穿過水瓶
游進眼睛。
喂，你好
喂，你好。

125

地鐵車廂胖瘦黑白長短髮色各式年齡
左搖右擺，地道天橋，過水過街，停停走走
開門關門，擁抱接吻，握手道別，脫衣服穿衣服，打把式翻跟頭
一個多小時了，這尾魚還沒游到嚴力的生日晚會！

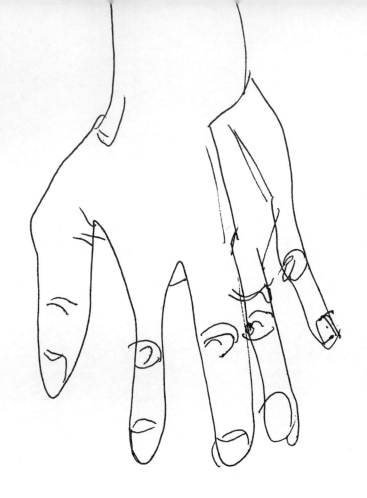

45

洪水夾六月雪
軟軟地
降落中國村落

140

八月星八月海
人魚們度假狂歡
可天高處海深處
海星寒冷寂寞永遠屬於一月

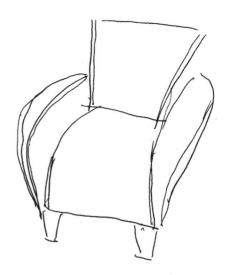

126

如果魚肚翻白形容城市晨曦微明
原子彈爆炸描述此刻海上落日熔金
這是個什麼時代，你覺得？

110

老照片讓我們感動
因為裡面的那些他們
曾經

真的沒有什麼能留下——
　　森林木屋
　　下沉的魔島
　　要破譯的白婚紗，藍色笑話

73

家
是可以穿舊衣服
也可以不穿衣服的地方

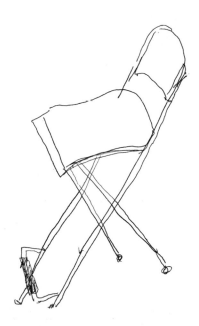

你的份量
　　這其實與星辰無關
　　　　與你也無關。

164

當一個男人午夜尖銳
當一個男人午夜困頓

你想想成人版怎麼
走進雨的味道？

74

風從六面吹來
傘折了筋骨
變做雨的
旗

176

何時東方紅
才能還我
東方綠呢？

47

一月的枯葉
說說笑笑
哭著鼓掌
這楊不是那揚

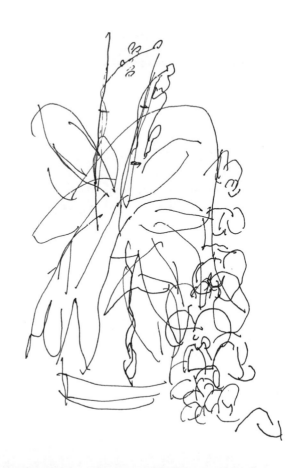

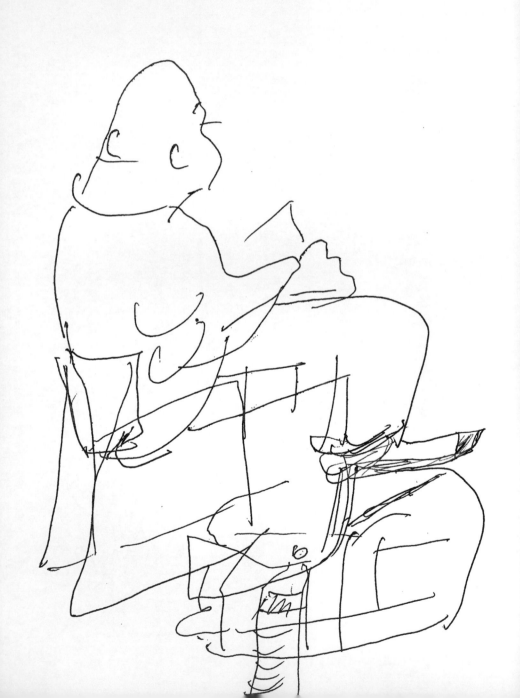

170

你還記得嗎？
當世界很小
欲望也小

117

關鍵是我們
不知道哀傷何時
種下一棵樹一棵大房子
裡一棵玻璃聖誕樹

42

如果彗星載我同行
花布鞋預示明天的心情

離你最近

113

掙扎，就可能上岸
滑鼠不算。你站在城市下面
齊腰深的污水裡等
等光聚焦進而在生活裡成像

66

被吃的歷史
栽入壓迫的深田。危機
抱成團：糧食瓜果土著黑奴
拷問黏蟲

離你最近

141

鋼琴，女高音，中提琴
彩排光探索光的三維
藍劍、鮮血、白銀
我的愛，你醒來，今夜星光燦爛

129

女人哀痛
大叫的子宮
手軟

80

事實上
花朵大多純色
並不花哨

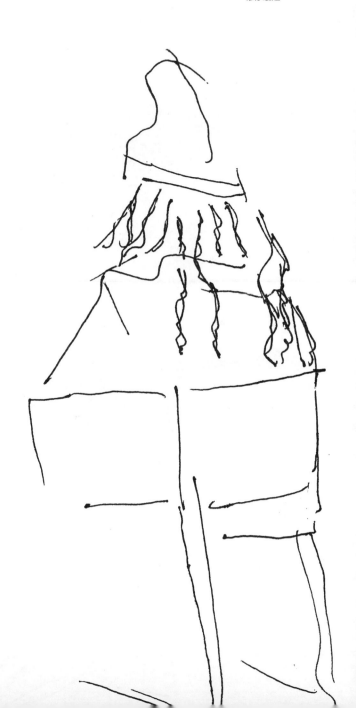

33

水性必須揚花
不揚花
就不結果
這我能理解。你呢？

128

小島漂離
船越航越渴

21

誰的都不是
才野。地裡的涼風

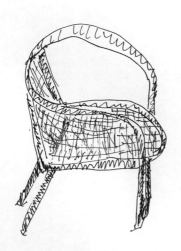

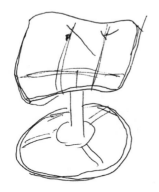

137

輪到你奔月的時候
帶點什麼？

122

嫩草長成古草
從賞心到婆心
苦哇！一生良藥

「生命在於運動」——
此刻地球停轉
女孩兒你要飛哪兒？

波浪魚藍和碎片
別往下看
你已經失去了很多

還好，抓緊時間
找緊急出口
我們仍在後退

9

遠處來的
近處不走的
大家圍成圈，圍成圈
一起下沉，沉，沉，沉

172

填空訓練：
手機，鑰匙，口紅，避孕套
信用卡，零錢，一卡通，口罩
身分證，都是＿＿＿＿要帶的。

153

不非得下海才能看見水
清茶淡墨也是水
看水時
眼睛會全面崩潰。

地平線躺下時
我們已經盡興
仗打完了。

揚州瘦西湖截句

1

瘦西湖──
來走走吧
減肥者的天堂

2

四橋煙雨
小青長白一路逶迤
看撐傘人何處
這西湖不是那西湖

3

大運河，護城河，保揚河，長春河
唐羅城，宋大城
歷史翻掌，手心手背變出
揚州瘦西湖

4

我們大家萬物與萬物
舊碼頭縴夫道高質潤滑油一綹
神祕對講
就像白塔與晴雲對講

5

板橋兄
芍藥謝了
我們觀湖
肥瘦不論吧

6

你們教簫那陣子
粉絲多少？
多少爹爹想包
二十四花身？

7

漿的最佳弧度落在
心念上。直背含胸
放鬆遠望——靜香書齋
一如水上漂木

8

十五個月亮躲進橋洞偷聽
你那些錦密的海誓山盟
還算數嗎？

9

人是風景的點綴
主人呢？
白鷺，翠鳥，粉蝶，青魚……

10

雨中，月下
高跟鞋一步一滑
只有簫聲腳不沾地
從隋朝吹來

語言文學類　PG1785　秀詩人14

離你最近
——張耳短詩集

作　　者/張　耳
責任編輯/徐佑驊
圖文排版/莊皓云
封面設計/楊廣榕

發 行 人/宋政坤
法律顧問/毛國樑　律師
出版發行/秀威資訊科技股份有限公司
　　　　114台北市內湖區瑞光路76巷65號1樓
　　　　電話：+886-2-2796-3638　傳真：+886-2-2796-1377
　　　　http://www.showwe.com.tw
劃撥帳號/19563868　戶名：秀威資訊科技股份有限公司
　　　　讀者服務信箱：service@showwe.com.tw
展售門市/國家書店（松江門市）
　　　　104台北市中山區松江路209號1樓
　　　　電話：+886-2-2518-0207　傳真：+886-2-2518-0778
網路訂購/秀威網路書店：http://www.bodbooks.com.tw
　　　　國家網路書店：http://www.govbooks.com.tw

2017年8月　BOD一版
定價：250元
版權所有　翻印必究
本書如有缺頁、破損或裝訂錯誤，請寄回更換

國家圖書館出版品預行編目

離你最近：張耳短詩集 / 張耳作. -- 一版. -- 臺北市：秀威資訊
科技, 2017.08
　　面；　公分. -- (語言文學類；PG1785)(秀詩人；14)
BOD版
ISBN 978-986-326-454-5(平裝)

851.486   106012122

讀者回函卡

感謝您購買本書，為提升服務品質，請填妥以下資料，將讀者回函卡直接寄回或傳真本公司，收到您的寶貴意見後，我們會收藏記錄及檢討，謝謝！
如您需要了解本公司最新出版書目、購書優惠或企劃活動，歡迎您上網查詢或下載相關資料：http:// www.showwe.com.tw

您購買的書名：_____

出生日期：_____年_____月_____日

學歷：□高中 (含) 以下　　□大專　　□研究所 (含) 以上

職業：□製造業　□金融業　□資訊業　□軍警　□傳播業　□自由業
　　　□服務業　□公務員　□教職　　□學生　□家管　　□其它_____

購書地點：□網路書店　□實體書店　□書展　□郵購　□贈閱　□其他

您從何得知本書的消息？

　　□網路書店　□實體書店　□網路搜尋　□電子報　□書訊　□雜誌
　　□傳播媒體　□親友推薦　□網站推薦　□部落格　□其他_____

您對本書的評價：(請填代號 1.非常滿意 2.滿意 3.尚可 4.再改進)
　　封面設計____　版面編排____　內容____　文／譯筆____　價格____

讀完書後您覺得：
　　□很有收穫　□有收穫　□收穫不多　□沒收穫

對我們的建議：_____

_____

_____

_____

11466
台北市內湖區瑞光路 76 巷 65 號 1 樓

秀威資訊科技股份有限公司　　　收

　　　　　　BOD 數位出版事業部

:::

（請沿線對折寄回，謝謝！）

姓　　名：_____　年齡：_____　性別：□女　□男

郵遞區號：□□□□□

地　　址：_____

聯絡電話：(日) _____ (夜) _____

E-mail：_____